Heiße Liebe
Heiße Lesben

Die Erziehung der neuen Studentin

Max Spanking

Besuchen Sie uns im Internet:

www.letterotik.com

Achtung! Nur für Erwachsene!

Kapitel 1
Sklavin von der Herrin versohlt.

Jelena ließ sich auf einen Sitz fallen. Die veraltete Metro fuhr sofort wieder an.

Ana wird nicht zufrieden sein, dachte sie nervös, auch wenn ein kribbelnder Schauer sie durchfuhr. *Herrin Anastasia, meine ich natürlich. Überhaupt nicht zufrieden.*

Die schlechten Noten hatte sie sich aber absolut selbst zuzuschreiben.

Anastasia war ihre Mitbewohnerin, aber inzwischen weit mehr als das. Vor zwei Monaten hatten sie begonnen, zusammen zu lernen, soweit es eben ging, wenn man nur wenige gemeinsame Vorlesungen hatte.

Daraus war bald *mehr* geworden. Ana kontrollierte inzwischen nicht nur ihre Arbeiten, sondern eigentlichen ihr ganzes Leben.

Sie ist meine Herrin. Jelena lächelte und zog die pelzbesetzte Kapuze tiefer ins Gesicht. Sie blickte hinaus in die Schwärze des Tunnels.

Sie musste sich verhalten wie alle anderen. Anpassen wie ein Chamäleon, auch wenn sie wusste, dass ihr hier und jetzt kaum etwas passieren würde. Aber sich als bisexuell oder gar lesbisch zu outen, war gefährlich in Russland, wo die Kirche und toxische Männlichkeit Hand in Hand gingen.

Dennoch hatte sie es gewagt, unter der Winterjacke ihr Halsband anzuziehen.

Sie wendete ihre Gedanken der nahen Zukunft zu. Womit sie Ana wohl bestrafen würde?

Wenig später stieg sie aus und kaufte für den Abend ein, bevor sie sich endgültig auf den Heimweg machte. Es war eisig kalt und Jelena zog ihre Kapuze tief ins Gesicht.

Ihre Eltern zahlten ihnen beiden während des Studiums eine großzügige, moderne Wohnung in *Novi Moskwa*. Zwar in einem Block, aber immerhin angenehm groß.

Der Aufzug war wieder mal defekt.

„Schnjaga – Scheiße!", fluchte sie leise und stieg die Treppe in den sechsten Stock hoch.

Anastasia war nicht zu Hause, als Jelena die Wohnung betrat. Sechs Zimmer: Wohnzimmer, zwei Schlafzimmer, ein Büro zum Lernen, ein zur Abstellkammer umfunktionierter Raum – und ihr neues Spielzimmer.

So, wie ich Herrin Anastasia kenne, werden wir heute ganz sicher dort landen. Jelena durchfuhr ein wohliger Schauer.

Zum Glück war obendrein Freitag und das versprach einiges für die nächsten beiden Tage.

Die hohen Wände erinnerten an eine Altbauwohnung zu Beginn des 20. Jahrhunderts. Die Zierleisten waren mit orthodox anmutenden Ornamenten verziert. Im Wohnzimmer hing ein Bild der Mutter Gottes.

Sehr konservativ und eine gute Tarnung für ihr geiles Treiben.

Sie ging in die Küche und goss sich einen Wodka ein. Sie zitterte leicht vor Erwartung und Unsicherheit gleichermaßen.

Hastig kontrollierte sie ihre Kleidung: enge, schwarze Jeans. Schließlich war sie heute an der Uni gewesen und dazu trug sie einen weißen Pullover. Ihre blonden Haare, die ihr weit in den Rücken fielen, hatte sie mit einem schwarzen Haarband gebändigt. Ja, so konnte sie sich ihrer Herrin präsentieren. Zumindest an einem Arbeitstag, denn heute Abend würde es natürlich anders aussehen.

Endlich klapperte der Schlüssel im Schloss. Sofort ließ sich Jelena vom Stuhl auf die Knie fallen und wartete.

Jelena hörte, wie Anastasia den Flur entlangkam. Sie erzitterte vor Nervosität und Anspannung. Unwillkürlich hielt sie den Atem an.

„*Strastwuitje*, Herrin", begrüßte Jelena ihre WG-Mitbewohnerin demütig.

Anastasia stand in der Tür und musterte sie eingehend. „Strastwuitje, Sklavin", erwiderte sie die Begrüßung endlich. „Ich habe Durst."

Anastasia war groß und schlank und Jelena selber gar nicht so unähnlich, aber etwas größer als sie.

Sie war genauso blond, hatte den Zopf aber um den Kopf zu einer Bauernkrone geflochten.

„Ja, Herrin." Jelena kroch zum Kühlschrank und holte eine Flasche Cola heraus. Erst dann wagte sie es, aufzustehen und ein Glas davon einzuschenken.

Mit demütig gesenktem Kopf überreichte sie es Anastasia.

Diese nahm es entgegen. „Runter“, sagte sie nur und Jelena ließ sich wieder auf die Knie fallen.

„Komm ins Wohnzimmer.“ Anastasia ging voraus und Jelena kroch hastig hinterher.

Das Wohnzimmer war nach dem Spielzimmer der größte Raum in ihrer Wohnung. Eine Sofaecke, ein Beistelltischchen und ein Fernseher ließen in der Mitte viel Platz.

Dort blieben sie stehen und Jelena sah zu Anastasia auf.

Ihre Herrin trug eng anliegende, schwarze Lederhosen, die ihren Arsch hervorragend betonten. Das weiße Hemd war zugeknöpft. Fast kniehohe, weiße Stiefel, straff geschnürt, unterstrichen den Status ihrer Herrin, ihre Macht und Überlegenheit.

Jelena verspürte ein wohliges Ziehen im Unterleib.

„Was soll das?“, fauchte Anastasia. „Senke den Blick, Sklavin!“

„Ja, verzeiht, Herrin!“ Sofort gehorchte Jelena. Schwer spürte sie den Blick ihrer Herrin auf sich lasten.

„Wie ist die Prüfung gelaufen, Sklavin?“, wollte Herrin Anastasia nach einer kurzen Weile des Schweigens wissen.

Flüsternd nannte ihr Jelena die Note.

„Wie bitte?“ Kalter Zorn lag in Anastasias Stimme. „Ich habe dir gesagt, dass ich das nicht akzeptieren werde, *Suka*. Nicht nach all den Stunden, die wir mit Lernen verbracht haben!“

Jelena zuckte zusammen und neigte den Kopf noch tiefer.

Suka. Das bedeutete Hündin oder Schlampe, dem englischen *Bitch* vergleichbar. Von Männern hatte Jelena das schon oft gehört, aber bei Anastasia traf es sie wie ein Peitschenhieb.

Sie presste die Stirn auf das glänzende Parkett. „Verzeiht, Herrin!", bat sie verzweifelt.

„Du weißt, dass so was bei uns anders läuft, Sklavin." Anastasia brachte das Kunststück fertig, gleichzeitig weich und sexy zu klingen – und eiskalt wie eine Eissphinx.

„Ich weiß, Herrin." Jelena erschauerte vor Furcht. Das würde ein ordentliches Spanking werden.

Ihre Muschi kribbelte.

„Na, dann komm mal her zum Sofa und leg dich drüber. Ich hole alles Nötige."

Jelena gehorchte, krabbelte hinüber und stand auf.

Trotzdem blieb Anastasia noch so lange stehen, bis sich Jelena die Jeans und den roten String runter gezogen hatte.

Zitternd legte sich Jelena über die Armlehne des Sofas, während Ana hinausging, um zu holen, was sie für die Züchtigung für angemessen hielt.

Was würde ihre Herrin holen? *Das Paddel? Oder war das nicht stark genug? Den Rohrstock? Oder gar die Peitsche?* Die Gedanken überschlugen sich in Jelenas Kopf.

Die Zeit, bis Anastasia zurückkam, erschien Jelena ungewöhnlich lange.

Ein scharfes Pfeifen verriet ihr, wofür sich die Herrin entschieden hatte: einen Rohrstock.

Sie schluckte. Das würde eine echte Strafe und keine erotische Spielerei werden.

Herrin Anastasia zeigte ihr bedeutungsvoll den dunklen, biegsamen Rohrstock. „Bereit, Suka? Das wird dich 30 Hiebe kosten."

„Ja, Herrin." Jelena atmete tief durch. Der Rohrstock strich kühl über ihren Hintern. Dann sauste er ein erstes Mal herab und hinterließ ein brennendes Mal. Schmerz raste durch Jelenas Nervensystem.

Jelena schrie auf und zappelte, dennoch vergaß sie nicht, sich artig zu bedanken. „Eins! Danke, Herrin."

Ssst! Wieder pfiff der Rohrstock herab.

„Aaauu!", schrie Jelena. „Zwei. Danke Herrin!"

Die Hiebe hagelten weiter auf sie herab und bissen scharf in ihre zarte Haut.

Jelena keuchte, hechelte und zitterte. Ihr Arsch brannte wie Feuer.

Endlich war es vorbei. Schmerz zog sich durch ihren ganzen Body und sie hing matt über der Lehne.

Anastasia zog sie hoch und schloss Jelena in die Arme. „Gut gemacht, Süße", murmelte sie und küsste sie. Sanft strichen ihre Lippen über Jelenas Hals. „Komm, gehen wir dich verarzten."

Jelena ließ sich von ihrer Herrin in ihr Schlafzimmer führen. Stöhnend ließ sich Jelena auf das Bett fallen. Die Herrin setzte sich neben sie und trug sanft Salbe auf. Langsam dämmerte Jelena in einen Halbschlaf hinüber.

Kapitel 2
Die heiße Spalte der Herrin

Es war schon Abend, als sie wieder erwachte. Essensdüfte zogen durch die Wohnung und kitzelten Jelenas Nase. Stöhnend rollte sie herum.

Wenigstens hatte ihr Arsch aufgehört zu brennen. Jelena schielte nach hinten. Ihr Hintern war durch Striemen verziert. *Das wird eine Weile dauern,* dachte sie.

Langsam stand sie auf und streckte sich. Sie ging rasch ins Bad, um zu duschen. In der Wohnung war es warm genug, so dass sie danach entschied, rote Hotpants anzuziehen und dazu ein weißes Shirt mit Spaghettiträgern. So ging sie in die Küche, wo Ana am Herd stand und ihr entgegenlächelte.

„Na, erholt?"

„Ja, Herrin." Rasch sank Jelena auf die Knie. „Verzeiht, Herrin."

„Es ist vorbei, Sklavin. Setz dich an den Tisch."

Das Essen ging schweigend vorüber.

„Ich werde nachher noch duschen. Warte in meinem Schlafzimmer auf mich", wies Anastasia sie danach an.

Jelena senkte ergeben den Kopf. „Ja, Herrin, ich erwarte Sie." Sie ließ sich auf Hände und Knie nieder und kroch den Flur entlang. Sie kletterte aufs Bett und zog sich bis auf die Unterwäsche, rote Netz-Dessous, aus.

Sie legte sich lasziv hin, den Kopf aufgestützt.

Das Wasser rauschte im Badezimmer.

Jelena war gespannt, wie sich ihr Spiel heute gestalten würde.

Die Tür öffnete sich langsam und Anastasia trat ein. Auch sie trug nur Unterwäsche, aber aus schwarzem Leder.

Jelena hielt den Atem an. Das sah so geil aus!

Langsam trat Anastasia näher. Die Haare trug sie nun offen. Sie ließ Jelena nicht aus den Augen und ein mysteriöses Lächeln umspielte ihre Mundwinkel.

„Brav, kleine Sklavin. Immerhin weißt du, was ich von dir erwarte. Ich werde dich vernaschen – und du wirst mich befriedigen."

„Selbstverständlich, Herrin." Jelena sah zu ihr auf und konnte kaum dem Blick ihrer Mitbewohnerin begegnen. Sie war so stark, auch wenn sie gleich alt war. Eine Härte lag in ihren Augen, aber auch ein Versprechen, für sie, ihre Sklavin, zu sorgen.

Dem konnte sich Jelena nicht entziehen und wollte es auch gar nicht.

„Herrin … ich möchte Ihnen von Herzen dienen." Langsam drehte sich Jelena auf den Bauch und warf einen demütigen Blick nach oben.

„Gut, Sklavin." Herrin Anastasia beugte sich vor und ihre sanften Hände strichen zärtlich über Jelenas Body.

Ein wohliger Schauer durchlief sie und Wärme sammelte sich zwischen ihren Schenkeln. Ihre Muschi kribbelte voller Erwartung.

Die Finger ihrer Herrin glitten kühl über die Male auf ihrem Hintern. „Dreh dich um, Sklavin." Die Stimme klang rauchig. Die Kraft darin berührte etwas in Jelenas Inneren, das Devote, das ihr Ureigenes ausmachte.

Sie drehte sich brav auf den Rücken und lächelte zu Ana empor. „Bedienen Sie sich an mir, Herrin."

„Oh, das werde ich, Sklavin, keine Sorge." Anastasias Finger strichen nun über Jelenas Bauch. Kichernd zog sie diesen unwillkürlich ein und seufzte gleich darauf auf, als die Finger sich zwischen ihre Beine verirrten.

„Was denn? Schon feucht, Suka?" Anastasia lächelte boshaft, aber sie spielte weiter mit der Klit.

„*Spasibo* – Danke, Herrin", keuchte Jelena und bewegte die Hüften. Die kühlen Finger umkreisten ihre harte Liebesknospe.

Jelena stöhnte und spreizte die Beine. Langsam tauchte ein Finger in die Spalte ein. „Mmmh!" Jelena drückte dem Finger die Hüften entgegen und fickte sich selber damit. „Ja, Herrin!", stöhnte sie.

„Du bist echt eine geile kleine Sklavin", spottete Anastasia und stieß ihr den Finger fester in die Spalte.

„Jaaah, Herrin, bin ich!", stöhnte Jelena und unterdrückte ein Kichern.

Mit dem Daumen reizte die Herrin die Klit. Alle Empfindungen Jelenas konzentrierten sich auf ihre Körpermitte und entflammten ihre Lust. Wie von selbst nahm sie die Beine auseinander und die Herrin tadelte sie nicht. Sie schien ihre Geilheit sogar zu genießen.

Jelena stöhnte und bewegte das Becken stärker, aber da zog die Herrin ihre Hand zurück und grinste spöttisch auf sie herab. „Nein, noch nicht, Sklavin. Das musst du dir erst mal verdienen."

„Jaaah, Herrin", stieß Jelena enttäuscht hervor.

Schon schwang sich die Lady über sie. „Leck meine Fotze, Sklavin!"

„Ja, Herrin". Jelena drückte Anastasia einen Kuss zwischen die Beine und leckte durch die Spalte.

„Mmmh, jaaah! Schön lecken! Danach kannst du dich um meinen Arsch kümmern", hechelte Ana und drückte Jelena ihre Fotze ins Gesicht.

Diese hielt sich nicht weiter auf und zog den Steg beiseite. Ihre Lippen berührten Anastasias Mösenlippen und liebkosten sie, was die Herrin erzittern ließ.

„Ooohjaaah!" Anastasia stützte sich auf ihre Schultern und drückte sie in die Matratze.

Jelena ließ ihre Zunge um die hart hervorstehende Klit ihrer Herrin schnellen und entlockte der Lady ein geiles Aufstöhnen.

Rhythmisch drückte diese ihr die Hüften entgegen. „Ja, ja, jaaah!", wimmerte sie.

Jelena grinste innerlich und leckte über die Spalte. Die ersten Tropfen Geilsaft rannen in ihren Mund.

Tief stieß sie mit der Zunge in die Spalte, was ihrer Herrin ein weiteres Stöhnen entlockte. Anastasia fuhr ihr wild durch die Haare. Sie hämmerte Jelena ihre Fotze förmlich ins Gesicht.

Jelena bekam kaum noch Luft und keuchte. Jetzt wandte sie sich der Klit zu, saugte daran und leckte ringsum.

„Jaaah!" Die Lady erstarrte und ballte die Fäuste. Geilsaft rann über Jelenas Kinn.

Bebend sank Anastasia auf ihr zusammen.

„Uff, das reicht. Diesmal verzichte ich aufs Arschlecken", murmelte die Herrin und griff nach einem Dildo.

Sie rutschte tiefer und schob ihn Jelena in die Möse.

„Daaah, spasibo, Herrin!", stöhnte Jelena.

Anastasia, die jetzt auf ihr lag, gab ihr einen sanften Kuss.

Ihre Zungen spielten miteinander.

„Mmmmh!" Jelena drückte sich dem Plastikschwanz entgegen.

Anastasia stieß ihn immer wieder tief rein. Jelena wurde von den geilen Schaudern immer wieder durchgeschüttelt, bis sie endlich laut aufstöhnend kam.

Eine Weile blieben sie so liegen.

Dann rollte die Herrin von hier herunter. „Besorg es mir mit dem Strap-on, Sklavin", murmelte Ana.

„Natürlich, Herrin." Jelena richtete sich auf und angelte den Umschnalldildo aus der Nachttischschublade. Er war schwarz und hatte eine ordentliche Größe.

Geübt schnallte Jelena ihn sich um, während ihre Herrin sich auf alle Viere erhob.

Jelena kniete hinter ihr und griff nach der Gleitmitteltube. Großzügig schmierte sie den künstlichen Freudenspender ein.

Dann setzte sie die Spitze an der Spalte ihrer Herrin an. Ein Stoß – und sie war drin.

Anastasia bog aufstöhnend den Rücken durch. Sofort zog Jelena zurück und versenkte sich ein weiteres Mal mit einem Schmatzen in der wartenden Fotze.

Sie packte Anastasia in der Taille und stieß immer wieder in den bebenden Leib ihrer stöhnenden Herrin.

Jelena griff nach vorne und spielte mit Anas Titten. Endlich kam die junge Frau. Sie ballte die Fäuste und stöhnte ihre Lust ungehemmt hinaus.

Ein langer Kuss folgte. Sie streiften den Rest ihrer Kleidung ab und legten sich engumschlungen hin.

Kapitel 3
Die Session

Am Samstag schliefen sie aus. Am Abend würden sie ihren Club besuchen.

Jelena stand als Erste auf, um Frühstück zu machen.

Bald schon zog der Duft von Kaffee durch die Wohnung. Sie bereitete ein echt russisches Frühstück aus Eiern, gekochter Wurst und Käse zu.

Endlich bequemte sich auch Herrin Anastasia aufzustehen.

„Herrin, wir werden einkaufen müssen", meinte Jelena nach einem Blick in den Kühlschrank.

„Das weiß ich, Sklavin." Anastasia nickte ihr zu, während sie am Kaffee nippte. „Übrigens habe ich beschlossen, dass wir morgen in die Datscha meiner Eltern fahren. Scheiß auf die Uni am Montag."

Eine Datscha war ein russisches Sommerhäuschen, was aber auch winterfest gebaut sein konnte.

„Das wäre fantastisch, Herrin!", rief Jelena aus. „Es ist so heimelig."

Anastasia lächelte. „Ja, aber trotz allem möchte ich nachher noch eine Trainingssession mit dir abhalten, Sklavin. Trotz der Strafe gestern, möchte ich dir noch einmal vor Augen führen, warum wir zusammen sind."

„Ja, Herrin." Jelena neigte den Kopf.

Wenig später kniete sie im Spielzimmer, nackt bis auf das Halsband und eine schwarze, verzierte

Augenmaske. Die Arme waren ihr mit Ledermanschetten auf den Rücken gebunden.

Anastasia ihrerseits trug einen Ledermini und einen BH aus demselben Material. Sie verbarg ihre Reize, während Jelena vollkommen entblößt war.

Damit war der Standesunterschied unmissverständlich. Die Peitsche in der Hand der Lady unterstrich das noch zusätzlich.

Streng blickte Anastasia auf sie herab. „Die Strafe hast du gestern schon erhalten, Suka, aber ich glaube, dass wir noch ein wenig an deiner Erziehung werden arbeiten müssen. Damit du begreifst, wo du stehst – beziehungsweise kniest – und wo *ich* stehe."

„Ja, Herrin." Demütig beugte sich Jelena so weit vor, dass es in ihren Schultergelenken zog.

„Wir werden sehen." Dieser Worte kamen außerordentlich kühl heraus. „Du musst begreifen – wirklich verinnerlichen – dass mein Wort für dich Gesetz ist, Kurva."

„Ja, Herrin", wiederholte Jelena kläglich.

Das Spielzimmer war mit schwarzen Tüchern ausgekleidet und in einer Ecke befand sich ein mit rotem Leder bezogener Strafbock, auf welchen die Herrin sie schon manches Mal geschnallt hatte, um ihr recht schmerzhafte Lektionen zu erteilen. An der Wand daneben stand ein Andreaskreuz.

Ein Schauder, halb aus Geilheit, halb aus Angst, überlief Jelena. Aber jetzt kniete sie hier und harrte der Befehle, die da kommen mochten. Sie durfte sich nicht ablenken lassen.

„Suka, hol mir aus dem Schrank da drüben die Spreizstange und eine Gerte!“, kam auch schon der erste Befehl.

Hastig krabbelte Jelena hinüber, stand nur auf, um das Verlangte heraus zu holen und begab sich wieder auf alle Viere. Sie nahm die Stange und die Gerte in den Mund und kehrte kriechend wieder zu Anastasia zurück.

Diese nahm die beiden Gegenstände entgegen und machte ihr mit einer Handbewegung klar, sich auf den Rücken zu legen. Dazu löste sie die Fesseln in ihrem Rücken und kettete ihr die Handgelenke vorne wieder zusammen.

„Beine breit, Suka!“, zischte sie und kauerte sich halb neben Jelena nieder.

Diese gehorchte und bald wurden ihr die Beine durch die Stange noch weiter gespreizt. Nackt lag sie da und bot der Lady ihre ganze kahle Intimität dar.

Anastasia betrachtete sie eine ganze Weile, scheinbar ohne jegliche Regung. Dann legte sie die Peitsche beiseite und griff nach der Gerte. Sie schwang sie ein paar Mal probehalber und richtete sie dann auf Jelenas Spalte. „Bereit?“

„Ja, Herrin“, erwiderte Jelena angespannt.

„Gut.“ Vorsichtig ließ Anastasia das kleine Lederstückchen am Ende auf- und niederwippen und traf ein erstes Mal Jelenas Klit.

Es war, als hätte sie ein Stromstoß getroffen. „Uuuh!“ Sie zuckte zusammen. „Herrin!“

„Was willst du?“ Unwillig sah Ana sie an. „Sowas hältst du doch normalerweise aus, Suka.“

„Ja, ich wollte auch nicht …“

„Dann sei still!“, beschied die Lady knapp und ließ die Gerte wieder tanzen.

Der scharfe Schmerz, der jedes Mal rasch wieder abebbte, schoss Mal um Mal durch Jelenas Körper.

Sie schlotterte, aber die Schmerzen waren nie so heftig, dass sie das Safewort aussprechen müsste. Im Gegenteil, das elektrisierende Gefühl sensibilisierte sie vollkommen.

Endlich ließ Anastasia die Gerte sinken und löste auch die Spreizstange.

Erleichtert schloss Jelena erstmal ihre Schenkel, um sie etwas zu entspannen. Sie atmete durch und erholte sich von den vorhergehenden Empfindungen.

Aber Anastasia gab ihr nicht lange Zeit, zu verschnaufen. „Kriech da drüben in die freie Ecke! Mit dem Gesicht zur Wand!“, befahl sie ihr barsch.

„Ja, Herrin, aber warum …“

Schon hatte Anastasia die Peitsche in der Hand und zog sie Jelena, die mittlerweile kniete, über den Arsch. „Seit wann werden Befehle diskutiert?“, blaffte sie und schlug gleich noch einmal zu.

„Auuuh! Ja, Herrin, ich habe verstanden!“ Jelena krabbelte hinüber.

„Aufrichten! Hände hinter den Kopf!“, kam schon der nächste Befehl.

Diesmal gehorchte Jelena, ohne zu diskutieren.

Anastasia war ihr gefolgt und stand direkt hinter ihr. Ihre Präsenz war geradezu körperlich spürbar.

Ihre Hände legten sich kühl auf Jelenas Titten und die Lady zwirbelte die Nippel, bis Jelena geil aufstöhnte. In dem Augenblick ließ Ana von ihr ab und verließ den Raum.

Sie blieb länger weg, als Jelena erwartet hatte. Bei ihrer Rückkehr hielt sie eine Kaffeetasse in der Hand.

Während sie trank, erteilte sie weitere Befehle. Jelena musste umherkriechen und sich auf den Rücken legen, die Grundpositionen einnehmen und sogar etwas Kaffee, den die Lady absichtlich verschüttete, auflecken.

So demütigend es auch war: Es erregte Jelena und auf eine gewisse Weise gab es ihr Sicherheit. So trainierte sie die Grundlagen ihres Standes. Sie war nichts weiter als Anastasias Sklavin, deren Befehle sie befolgte.

„Zum Bock!"

Nach nicht einmal zwei Minuten hatte die Herrin sie sauber darauf festgeschnallt und strich zärtlich über ihren Hintern.

Jelena erschauerte. Die Kühle ließ ihre Haut kribbeln. Ana zeigte ihr das Lederpaddel und strich auch damit erst ein paarmal über ihren Arsch. Dann schlug sie zu.

Das Brennen, das sich daraufhin ausbreitete, war intensiv, aber Jelena konnte es gut aushalten.

Wieder sauste das Paddel mit einem satten Geräusch herab und traf die andere Pobacke.

Die Herrin wechselte ab.

Das Paddel hatte eine ähnliche Wirkung wie die Gerte vorhin. Jelenas Nerven flirrten und sie stöhnte leise.

Diesmal war es keine Strafe, sondern ein erotisches Spanking, das sie triggern sollte – und es gelang Anastasia hervorragend. Jelena war kaum in der Lage, die Gefühle, die sie empfand, zu beschreiben. Es war wieder, als stünde sie ständig unter Strom. Nichts anderes vermochte es, sie so empfänglich zu machen für alle Empfindungen. Es öffnete sie gewissermaßen.

Ihre Herrin war ja da, um sie zu beschützen. Wirklich gekommen, war sie bei einem Spanking noch nie, aber es brauchte danach jeweils auch nicht viel.

Ana warf das Paddel beiseite und befingerte Jelenas Pussy, besonders die ziehende Klit.

Jelena kam aufstöhnend. Matt blieb sie noch über dem Strafbock hängen, bis Ana sie befreite.

Zitternd erhob sie sich.

„Gehen wir uns umziehen. Warte dann im Flur auf mich", befahl die Herrin knapp.

Kapitel 4
Herausforderungen des Alltags

„Ja, Herrin." Sofort verließ Jelena das Zimmer und zog sich an. Dann kniete sie nieder und nahm die Hände hinter den Kopf.

Herrin Anastasia ließ sich ziemlich viel Zeit, aber natürlich hütete sich Jelena, etwas zu sagen. Als Sklavin hatte sie einfach auf ihre Herrin zu warten.

Endlich erklangen die Schritte ihrer Herrin, begleitet von einem leisen Klirren. „Steh auf, Sklavin. Wir gehen."

„Ja, Herrin." Jelena erhob sich wieder und legte sich einen Schal um. Die Herrin trug wieder Schwarz, ein silberner Gürtel aus Metall klirrte um ihre Taille.

„Los, gehen wir." Anastasia ging voraus.

Es war für Jelena immer noch ungewohnt, hinter Anastasia herzugehen. Sie fragte sich, ob die Menschen um sie herum erkannten, dass sie zusammengehörten. Würden sie bemerken, *was* sie *wirklich* war?

Ein Kribbeln überlief sie und ihre Hände waren schweißnass. Sie nahm das lederne Halsband deutlicher wahr als sonst.

Sie gingen die Straße entlang. Zum Glück war der nächste Supermarkt nicht weit entfernt.

Jelena nahm einen Korb, den Anastasia langsam füllte. Sie entschied.

Zum Glück mögen wir mehr oder weniger das Gleiche. Nur einmal in der Woche durfte Jelena auswählen, was sie aßen.

Jelena hielt den Kopf gesenkt. *Bin ich wirklich so devot?*, fragte sie sich. Tatsache war: Bei Anastasia fühlte sie sich wohl in dieser Rolle.

Mittlerweile kam ihr die normale Welt fast fremd vor. *Flüchte ich mich in eine Fantasiewelt?*

Kohl, Karotten und weitere bodenständige, gesunde Zutaten landeten im Korb.

Dann ging Anastasia voraus zur Kasse, um zu bezahlen.

Im Bereich zwischen den Kassen und dem Ausgang – in einer Art großen Windfang – hingen ein paar Jungs herum. Sie ließen Wodkaflaschen kreisen.

„Hey, Kurve – ihr Nutten!", rief einer von denen plötzlich. „Trinkt doch mit uns eine Runde!"

Jelena erstarrte innerlich. *Wenn sie uns zu nahe kommen, sehen sie vielleicht mein Halsband ...*

„Nein, danke", erwiderte Anastasia kühl. Jelena konnte nur im Ansatz erkennen, wie sich ihre Loverin und Herrin anspannte.

„Frigide Schlampen!", rief ein zweiter Kerl.

Die Jungs erhoben sich und die beiden Frauen beschleunigten ihre Schritte ein wenig.

Sie schafften es gerade so, den Supermarkt zu verlassen, ohne den Halbstarken zu nahe zu kommen.

Als sie hinaustraten, hatte der Schneefall wieder eingesetzt. „Was für Mistkerle!", murmelte Jelena.

Anastasia lachte, aber trotzdem waren sie beide froh, als sie ihre Wohnung erreichten. In der Uni hatten sie tagtäglich mit großspurigen Idioten zu tun, aber die Kerle eben, das war draußen gewesen, in der Öffentlichkeit und die Typen hatten Alkohol getrunken.

Gegen Abend begaben sie sich ins Bad, um sich für den Club herauszuputzen. Da sie Anastasias Wagen nehmen würden, konnten sie sich schon zu Hause auftakeln. BDSM-Klamotten kamen auch in Moskau in der Öffentlichkeit nicht gut an.

Jelena flocht sich die langen, blonden Haare zu einem Zopf. Bei der Kleidung entschied sich für einen klassischen Ledermini – darunter natürlich nichts – und einen BH aus demselben Material. Das fand Anastasias Billigung.

„Dazu passen hochhackige, geschnürte Stiefel.“

„Ja, Herrin.“ Jelena nickte lächelnd und erlaubte es sich ihrerseits, ihre Herrin zu mustern.

Auch sie hatte sich für Leder entschieden, aber rot und schwarz, dazu ebenso geschnürte Lederstiefel mit hohen Absätzen. Eine schwarze Handtasche vervollständigte ihre Aufmachung.

„Du wirst auch diese hier tragen.“ Grinsend schwenkte Ana eine Ledermaske. Es war eine komplette, bei welcher man auch die Augen verbinden konnte.

„Ja, Herrin.“ Abwartend ließ sie sich auf die Knie sinken.

Kapitel 5
Im Untergrund-Club

Es war schon dunkel, als Anastasia ihren schwarzen Lada *Vesta* durch die Moskauer Innenstadt lenkte.

Der Verkehr war zäh, denn der Schneefall hatte deutlich zugenommen. Mit gesenktem Kopf stapften die Passanten mit tief ins Gesicht gezogenen Mützen über die Bürgersteige. Die Stadt war hell erleuchtet. Der Schnee glitzerte geheimnisvoll.

Der Club lag etwas außerhalb des Zentrums, aber noch in der Stadt.

Herrin Anastasia lenkte den kleinen Wagen durch eine Seitenstraße und parkte ihn in einem schmuddelig wirkenden Hinterhof, der nicht direkt einsehbar war.

Vor einer unauffälligen Metalltür hatten sich zwei kräftige Türsteher aufgebaut.

Die beiden Frauen stiegen aus und gingen auf sie zu.

Ana reichte ihnen ihre Ausweise. „Willkommen, Lady Anastasia", brummte der eine, nachdem er sie kontrolliert hatte. Der andere öffnete ihnen die Tür.

Ein kurzer, unauffälliger Gang nahm sie auf. Jelena übernahm es, die nächste Tür zu öffnen. Diese war gepolstert, so dass von Innen nichts nach Außen dringen konnte.

Dahinter war der Gang mit rotem Plüsch ausgekleidet und gedämpftes, rotes Licht schuf eine schummrige Atmosphäre.

Anastasia drängte sich an ihr vorbei. Sie hatte aus ihrer Handtasche eine Lederleine hervorgeholt und hakte sie an Jelenas Halsband ein. Dann zog sie ihr die Ledermaske über, aber ohne ihr die Augen zu verbinden.

„Komm, Suka!", befahl sie harsch und schlüpfte komplett in die Rolle der strengen Lady. Sie zog derb an der Leine und Jelena folgte ihr brav.

Vor einer weiteren ledergepolsterten Tür stand ein weiterer Typ, der vollkommen in Leder gekleidet war. Nur seine Brust war teilweise bloß.

„Willkommen, meine Damen", begrüßte er sie und öffnete ihnen galant die Tür.

Dahinter traten Jelena und ihre Herrin in eine neue Welt: rotes und schwarzes Leder überall. Sofas, meist in Eckform standen um kleine Tischchen herum. Lampen mit roten Schirmen spendeten auch dem großen Raum der Bar schummriges Licht. Am anderen Ende befand sich eine Bühne mit einem Bock und einem Andreaskreuz für aufreizende Darbietungen, an der Seite befand sich der Tresen der Bar. Wummernde Bässe untermalten die Düsternis.

Überall saßen Leute, meist Pärchen. Die meisten Doms hier waren männlich. Die klassische Rollenteilung, die in der russischen Gesellschaft so ausgeprägt war, setzte sich hier natürlich fort. Aber da sie durch ihre sexuellen Interessen ohnehin eher Außenstehende waren, akzeptierten sie eher auch homosexuelle Paare.

„Hi, Anastasia!"

Beide wandten sich um. „Hallo, Ivan!", erwiderte Anastasia und steuerte auf den Mann zu, der gerufen hatte. Jelena kannte Ivan. Er gehörte hier zu den Stammgästen und hatte sie schon ein, zwei Mal besucht. Er war groß und kräftig, die blonden Haare hatte er kurz geschnitten.

Ihm zu Füßen kniete eine junge Asiatin, Hye, Ivans koreanische Sklavin.

„Und gibt's was Neues?", wollte Ivan wissen, als sie sich zu ihm setzten – d. h. Anastasia setzte sich hin, denn Jelena kniete, Hyes Beispiel folgend, nieder. Anastasia behielt ihre Leine in der Hand.

„Naja, durch dieses bescheuerte Gesetz gegen die Homosexualität müssen wir nun noch mehr aufpassen", knurrte Anastasia angewidert.

Ivan nickte mitfühlend. „Ja, es ist kaum zu glauben, wie rückständig manche Kreise der Gesellschaft noch immer sind."

Anastasia seufzte, wurde aber rasch wieder fröhlich. „Weißt du was über die Show heute Abend?" Mit dem Kinn wies sie auf die noch leere Bühne.

„Ich glaube, Dimitri will seine neue Sklavin vorführen", erwiderte Ivan. Er nahm einen Schluck Champagner und streichelte mit der freien Hand Hyes kleine Brüste.

Die zierliche Asiatin schloss genießerisch die Augen.

Als Anastasia das sah, zog sie an der Leine und Jelena kroch näher.

„Cool, er hat also eine Neue?", fragte die Lady.

„Scheinbar." Ivan nickte wieder.

„Dobryy vecher – Guten Abend." Eine junge Kellnerin war an ihren Tisch aufgetaucht. Sie trug nur rote Netzdessous. „Was darf ich Ihnen bringen?"

„Einen Wodka für mich", erwiderte Anastasia und sah Jelena an. „Sklavin?"

„Ich nähme gerne einen *Smirnoff Ice*, Herrin. Dankeschön." Jelena senkte lächelnd den Kopf.

Die Kellnerin zog sich mit einem Knicks rückwärtsgehend zurück.

„Schon traurig, dass die Regierung so mit der Kirche paktiert und so ein rückständiges Weltbild propagiert", meinte Ivan niedergeschlagen.

„Ja, aber lass uns über was Geileres reden", erwiderte Anastasia rüde.

„Richtig." Ivan zog Hye näher heran und sie öffnete brav seine Hose. Ohne Scham stülpte sie die Lippen über seine harte Stange.

Jelena erschauerte und ihre Möse kribbelte.

Die Serviersklavin brachte ihre Getränke und sie nahmen einen ersten Schluck.

Lady Anastasia wusste ganz genau, wie es um Jelena stand. Das verriet ihr spöttisches Grinsen.

Hyes Kopf ging auf und ab und das Schmatzen ihrer Lippen war deutlich zu hören.

Endlich hatte die Herrin ein Einsehen und zog auffordernd an der Leine. „Komm her, Suka."

„Ja, Herrin." Jelena kroch näher und öffnete die Hose ihrer Herrin.

Der würzige Duft, der ihr in die Nase stieg, verriet ihr, wie es um die Lady stand. *Sie ist genauso geil wie ich*. Sie unterdrückte ein Grinsen. Auch Ana trug keine Unterwäsche.

Jelena neigte den Kopf und leckte ein erstes Mal durch Anastasias Spalte.

„Uuuh!", stöhnte die Herrin auf und drückte Jelena die Möse entgegen. „Du bist so geschickt mit deiner Zunge, Sklavin!"

Jetzt stieß Jelena mit der Zungenspitze tief in Anas Spalte. Ihre Herrin stöhnte, konnte aber Hyes würgende Laute nicht übertönen. Es schien, als bekäme die Koreanerin Ivans Schwanz bis hinter die Mandeln geschoben.

Anastasia keuchte, als Jelena ihre Klit leckte und an der Liebesknospe saugte. Jelena schob ihr einen Finger in die Fotze, fickte sie sie schnell und schob gleich einen zweiten Finger nach.

Gierig leckte Jelena den Geilsaft ihrer Herrin auf.

Das Rinnsal versiegte nicht, als sie keuchend kam und Jelena zärtlich durch die Haare fuhr.

Lächelnd ließ sich Jelena auf die Fersen zurücksinken.

Als wäre es so geplant worden, wurde das Licht in der Bar gedimmt und die Bühne wurde hell beleuchtet.

Ein Typ, den Jelena nicht kannte, führte eine dunkelhäutige Sklavin auf die Bühne. Sie war vollkommen nackt, ihre Haare waren zu Cornrows frisiert.

Sie blickte sich nervös um, ging aber brav an der Leine hinter dem Mann her, der sie zum Andreaskreuz dirigierte.

Zuerst sollte sie sich mit dem Gesicht zum Publikum hinstellen.

Jelena beobachtete die Szene angelegentlich. Immerhin musste sie ihre Herrin auch im Auge behalten, um ihre allfälligen Wünsche möglichst früh erahnen zu können.

Ivan legte Hye eine Hand auf den Hinterkopf, führte sie und fickte sie unnachgiebig in den kleinen Mund.

Hye würgte und keuchte, aber sie ließ sich entspannt benutzen.

Sehr gut trainiert, dachte Jelena, die sich noch an die geschickte Zunge der asiatischen Sklavin von einer gemeinsamen Session erinnerte.

Vorerst aber ließ sich Anastasia nichts anmerken.

Ivan jagte Hye seine Ladung in die Kehle. Am Nebentisch nahm ein latexgekleideter Typ seine Sub doggystyle.

Anastasia bestellte für alle vier eine weitere Runde Drinks. Auf der Bühne wurde die schwarze Sub am Andreaskreuz ausgepeitscht. Sie hielt sich bemerkenswert unter den herabsausenden Lederschnüren.

„Leg dich auf den Rücken, Sklavin!", befahl die Herrin unvermittelt.

„Ja, Herrin", erwiderte Jelena folgsam und kam dem Befehl nach. Der rote Teppich machte es etwas angenehmer.

Anastasia erhob sich und kauerte sich über Jelenas Gesicht. „Leck meinen Arsch, Suka, aber richtig!"

„Ja, Herrin." Jelena hob den Kopf und streckte die Zunge heraus. Die Spitze berührte tastend das runzlige Loch. Ein Prickeln durchfuhr sie ob dieser zarten, intimen Berührung, die so verrucht war.

Die Herrin seufzte ein erstes Mal auf.

Jelena kreiste mit der Zunge um das kleine Loch. Anastasia reagierte darauf mit einem leisen Stöhnen.

Ein Kuss landete auf der Rosette. Der Schließmuskel zuckte. Jelena stieß mit der Zungenspitze mitten hinein. Die Hitze war unglaublich und schon diese brachte Jelena zum Stöhnen.

Sie lag da und leckte eine andere Frau am Arsch. *Und ich finde es einfach geil*, gestand sie sich ein.

Noch vor einem halben Jahr hätte sie ein solches Ansinnen empört zurückgewiesen.

Jetzt leckte sie Anastasias zuckendes Hintertürchen mit Begeisterung.

Ihre Herrin wippte auf und nieder und stöhnte dabei immer lauter.

Jelena griff nach vorne und rieb Anas Klit. Lady Anastasia wimmerte kurz und kam. Ihr Geilsaft tropfte auf Jelenas Bauch.

Langsam erhob sich die Herrin, die Augen noch ganz verschleiert und verklärt vom Höhepunkt.

Sie fasste nach der Leine. „Knie dich hin, Sklavin", befahl die Lady und Jelena kam dem nach.

Ohne Weiteres schlug Anastasia ihr den Rock hoch und holte einen Strap-on aus ihrer Handtasche. Rasch schnallte sie ihn sich um.

Der rosa Plastiklümmel stand steif ab und wartete darauf, in eines von Jelenas Löchern einzudringen.

Bald. Jelena warf einen Blick zurück und eine Gänsehaut überzog ihren Body. *Welches Loch sie wohl wählen wird?*

Ana kniete sich hinter sie und strich ihr sanft über den Hintern. Kühl glitten die Finger über ihre Haut. Wieder erschauerte Jelena. Die Finger wanderten weiter zu den Fotzenlippen.

Jelena stöhnte leise.

Ihre Herrin streichelte sie weiter und spielte mit ihren Mösenlippen und der sich rasch verhärtenden Klit.

„Jaaah, Herrin!", stöhnte Jelena und bog den Rücken durch.

„Beherrsch dich, Suka!", lachte Anastasia leise und versetzte ihr einen leichten Schlag auf den Po.

Aber Jelena stöhnte weiter. Und noch lauter, als der Strap-on ihre Fotzenlippen teilte und eindrang.

Tief, sehr tief stieß der künstliche Freudenspender in ihre Spalte, füllte sie aus und weitete sie.

„So geeeil!" Sie bockte dem Eindringling entgegen. Anastasia stieß erneut zu.

Jelena kniff die Augen zusammen. Die Geräusche um sie herum waren plötzlich gedämpft. Nur das Knallen der Peitsche drang scharf und klar an Jelenas Ohren.

Sie ballte die Fäuste. Wie Feuer brannte sich die Lust durch ihren ganzen Körper und ihre Nerven schienen zu flirren.

Anastasia trieb sie immer weiter und spielte gleichzeitig mit ihrer Klit.

Jelena keuchte und kämpfte sich der Erlösung entgegen. Sie zitterte und all ihr Sein konzentrierte sich auf das Kribbeln zwischen ihren Beinen.

Dann wechselte Anastasia das Loch und stieß mit dem künstlichen Prügel in Jelenas Hintertürchen vor. Es ziepte ordentlich, aber die Herrin war vorsichtig und so war der kurze Schmerz bald schon vergessen.

Meine Herrin fickt mich in den Arsch, dachte Jelena, beinahe weggetreten. Und das quasi in der Öffentlichkeit! Es war so schmutzig! Verrucht! Und so geil …

Sie ließ sich innerlich fallen und stöhnte laut. „Jaaah!" Endlich schlug der Höhepunkt über ihr zusammen und sie sank keuchend und nach Atem ringend nach vorne. Ihr Saft rann ihr an den Innenschenkeln heran. „Uff!"

Ihre Herrin strich ihr beruhigend über den Kopf und streichelte ihren Rücken. Sie erlaubte Jelena auch, sich aufs Sofa zu setzen.

Sie kam langsam zu Atem und blickte zur Bühne, wo die Dunkelhäutige eben ihren Auftritt beendete.

Stattdessen tauchte Dimitri, ein Mitglied des Clubs, mit seiner neuen Sub auf. Sie war eindeutig eine Einheimische, dunkelhaarig und mit blasser Haut. Er führte sie vornübergebeugt an ihrem Zopf zum ledergepolsterten Bock und schnallte sie ebenso vornübergebeugt darauf fest.

„Dies ist Nadeschda, meine Neue. Ich werde sie vor euch ficken und sie dann zur allgemeinen Benutzung freigeben“, erklärte er grinsend.

Jubel brandete auf.

Er stellte sich hinter Nadeschda und öffnete seine Lederhose. Ein beachtlicher Schwanz federte heraus. Er wichste sich kurz und schaute sich um.

Widerlich, wie er nach Komplimenten für den Bolzen lechzt, dachte Jelena angeekelt und ihre Herrin schien dasselbe zu denken. Als er anfing, die junge Frau zu vögeln, stand Ana auf. „Das muss ich gerade nicht haben. So ein tumber Macho, der seine Muschi rammelt. Komm, Sklavin, wir gehen.“

„Ja, Herrin.“ Sie verabschiedeten sich von Ivan und Hye. Die Gäste feuerten Dimitri an, es seiner Sklavin richtig zu besorgen, während die beiden Frauen hinausgingen. Dann schwang die gepolsterte Tür hinter ihnen zu.

Kapitel 6
Heiße Liebe in der abgelegenen Hütte

Am Sonntag um die Mittagszeit verließen sie Moskau Richtung Nordosten. Wie immer war es, als seien ausschließlich Irre auf der Überlandstraße unterwegs. PKWs und Laster kurvten, hupten und überholten sich halsbrecherisch.

„Diese Idioten!", schimpfte Anastasia, denn die Verhältnisse waren nicht wirklich berauschend. Es lag sogar Schnee auf der Straße selbst. „Ich weiß, dass wir Russen den Schnee kennen, aber die Spinner da vorne sind ja komplett lebensmüde."

„Stimmt, Herrin." Jelena schüttelte den Kopf.

Langsam wurde die Landschaft öder. Bei Koltschugino verließen sie die große Straße und kurvten durch ein einsames Waldgebiet.

Es dauerte noch eine ganze Weile, bis sie die Datscha erreichten. Obwohl sie in einem modernen Blockhausstil gebaut worden war, war sie winterfest. Das Haus hatte zwei Stockwerke und war in einem klassischen Rot gestrichen, die Fensterrahmen in Weiß. So erinnerte das Haus an eine schwedische Sommerhütte.

Ein idealer Rückzugsort weit weg von neugierigen Menschen. Ringsum erhob sich der dunkle Wald.

Sie stiegen aus und polterten mit ihren Taschen die Treppe zur Veranda hoch. Anastasia schloss die Tür auf und zog Jelena hinein.

Im kurzen Flur hängten sie ihre Jacken auf. Rechts ging es die Treppe zu den Schlafzimmern hoch, geradeaus in die kleine und gemütliche Küche, links ins große Wohnzimmer mit dem Kamin.

„Komm, essen wir mal was", meinte Anastasia und ging voraus in die Küche. „Nur einen kleinen Snack. Ich habe Hunger."

Eine halbe Stunde später saßen sie im Wohnzimmer, das hieß, Anastasia war gerade damit beschäftigt, ein Feuer im Kamin zu entfachen.

An den getäfelten Wänden hingen Gemälde. Die schlichte Einrichtung war geschmackvoll und eher seltsam bescheiden. Vor dem Kamin lag ein Eisbärenfell.

Jelena beobachtete Anastasia interessiert. Sie war ein absolutes Stadtkind und hatte sowas nie gelernt. Nebenbei spielte sie mit ihrem langen Zopf.

Endlich erhob sich Anastasia. Das Feuer prasselte fröhlich vor sich hin. Sie stellte sich mit leicht gespreizten Beinen hin und sah Jelena an.

Dieser stockte der Atem. *Sie ist so geil – und eine wirkliche Lady.* Jelena konnte die Kraft, die von ihrer Freundin ausging, nicht wirklich beschreiben, aber es war ihr nicht möglich, wegzusehen und sie konnte nicht einmal den Blick senken, wie es Ana eigentlich erwartete.

Aber die Herrin bestrafte sie nicht und tadelte sie sogar nicht einmal.

So geil!

Die weißen Hosen betonten die schlanken Beine und schmiegten sich an den Hintern der Lady. Immer noch trug sie ihre schwarze Lederjacke, wenn diese jetzt auch verlockend offenstand.

An ihrem Gürtel glitzerte eine silberne Triskele.

Wie von selbst glitt Jelena vom Sofa und kniete sich demütig nieder. „Herrin", murmelte sie und drückte die Stirn auf den Parkettboden.

„Brav!", erwiderte Anastasia mit einer rauchigen Stimme, welche alleine schon Jelena einen geilen Schauer über den Rücken jagte. „Du wirst mich jetzt befriedigen, Suka."

„Ja, Herrin!"

Aber noch bevor sie dem Befehl nachkommen konnte, trat Anastasia auf sie zu und griff nach ihrem Zopf. Daran zog sie sie in die Mitte des Wohnzimmers. Jelena kroch brav hinterher.

Dann drehte sich die Herrin um und stellte sich direkt vor sie. „Mach meine Hose auf, Sklavin!"

Jelena richtete sich auf und öffnete vorsichtig den Gürtel, bevor sie sich dem Hosenknopf zuwandte. Fast schon zärtlich zog sie den Reißverschluss nach unten und starrte andächtig auf den schwarzen G-String ihrer Herrin. *Nur noch dieser Fetzen Stoff …*

Anastasia spreizte die Beine und drückte Jelena ihre Hüfte entgegen. Der Duft ihres Verlangens stieg Jelena die Nase und sie begann, vor Geilheit zu zittern.

„Herrin, ich …"

„Leck, mich du immergeiles Stück!", befahl ihr Anastasia hart.

„Ja, Herrin." Jelena beugte sich vor und küsste zuerst die Spalte der jungen Frau, bevor sie ein erstes Mal drüberleckte.

Anastasia sog scharf die Luft ein und drückte sich Jelena noch weiter entgegen.

Diese zog den Steg nun auf die Seite und leckte über die zarte nackte Haut. Anastasia war schon ordentlich feucht.

Jelena leckte begeistert den würzigen Saft ihrer Herrin auf und tauchte in das nasse Loch zwischen den Mösenlippen ein.

Anastasia zitterten die Beine und Jelena spürte, wie viel Kraft es sie kostete, stehen zu bleiben. Sie saugte förmlich an der Fotze und entlockte ihrer Lady ein lautes Stöhnen. Jelena fasste nach Anastasias Arsch und zog sie so noch weiter an sich heran.

Ihre Finger krallten sich fordernd in die weiche Fülle. Ana stöhnte schmerzlich auf, aber sie sagte nichts.

Kurz sah Jelena nach oben. „Ich liebe Euch, Herrin." Dann leckte sie brav weiter.

Anastasia griff wieder fest nach ihrem Zopf und dirigierte sie daran wie an Zügeln. „Ich liebe dich auch, meine geile Sklavin." Nachdrücklich presste sie Jelenas Kopf zwischen ihre Beine.

Jelena leckte wie besessen.

„Komm, legen wir uns hin." Ana trat einen Schritt zurück und zog Jelena zum Eisbärenfell. Langsam ließ sie sich darauf nieder. Lasziv legte sie sich auf den Rücken und spreizte auffordernd ihre endlos langen Beine.

„Herrin?"

„69er. Dann haben wir beide etwas davon, Süße." Anastasia lächelte sie an und winkte sie mit dem Zeigefinger zu sich heran.

Jelena lächelte. Kurz blickte sie zum Fenster hinaus. Schneefall hatte wieder eingesetzt, dicht und mit großen Flocken. Wind trieb den Schnee vor sich her. Es pfiff sogar leise um die Hausecken.

„Herrin, das Wetter passt dazu, findet Ihr nicht?"

„Ja, Sklavin, das ist wirklich schön." Anastasias Augen funkelten. Der Widerschein des Feuers tanzte auf ihrem süßen Gesicht. Ihre Lippen glänzten und öffneten sich leicht.

„Herrin?", flüsterte Jelena heiser und räusperte sich. „Darf ich Euch küssen?"

Anastasia lächelte und nickte leicht.

Jelena beugte sich vor und hauchte ihrer Herrin einen Kuss auf die Lippen. Ana schloss die Augen und erwiderte den Kuss.

Dann schlang sie die Arme um Jelena und zog sie ganz auf sich herunter. Wieder trafen sich ihre Lippen und ihre Zungen spielten miteinander.

Jetzt lag Jelena auf ihrer Herrin und beide Frauen stöhnten sich leise ihre Erregung entgegen.

Jelena strich ihrer Herrin über die Wange. Ihre Haut war so zart!

Anastasia strich ihr umgekehrt über die streng nach hinten gekämmten Haare, die sie wie so oft zu einem langen Zopf geflochten hatte.

Wir haben beide echt geile Haare, dachte Jelena nebenbei und küsste Ana erneut.

„Komm, 69er", wiederholte die Herrin ihren Befehl.

„Ja, Herrin." Vorsichtig drehte sich Jelena herum. Rasch schob sie ihrer Herrin die Hosen und den String vollständig runter und Anastasia strampelte sie ungeduldig beiseite.

Der Duft aus ihrer Spalte war betörend und Jelena sog ihn tief ein.

Anastasia spreizte die Beine und Jelena folgte der wortlosen Aufforderung und legte sich hin. Erwartungsvoll streckte sie die Zunge heraus und leckte durch die Spalte.

„Mmmh!", winselte Anastasia. Aber sie blieb selbst nicht untätig.

Jelena zuckte zusammen, als sich die Finger ihrer Herrin in ihre Pobacken krallten und die Zungenspitze auf ihre harte Klit traf.

Es durchfuhr sie wie Feuer und sie warf kurz den Kopf zurück, bevor sie sich wieder über die Muschi ihrer Herrin hermachte. Sie saugte abwechselnd an den Fotzenlippen und an der steinharten Liebesknospe. Wie sie den Geschmack dieses Mösensaftes liebte!

Anastasias Finger kreiste um Jelenas Rosette.

„Uuuh!" Jelena durchfuhr es heiß und kalt zugleich. Sie bebte und keuchte und war kaum dazu in der Lage, sich wieder um das Vergnügen ihrer Herrin zu kümmern. Dann riss sie sich zusammen und senkte wieder den Kopf. Mit ihrer Zunge drang sie tief in den Liebesbrunnen ein und begann, Anastasia so zu ficken.

Die Säfte flossen reichlich und Jelena schlürfte sie voller Begeisterung. Der Finger, der sich langsam in ihr Hintertürchen schob, machte sie nur noch heißer.

Bin ich so versaut? Gar arschfixiert?, fragte sich Jelena und ließ gleichzeitig ihre Zunge auf Anastasias Klitoris schnalzen.

Die Herrin reagierte mit einem Schrei und ihr Unterleib hob sich Jelena entgegen. Gleichzeitig stieß ihr Finger tief in den Darm vor.

„Aaaah!", Jelena konnte den Aufschrei nicht unterdrücken. Es war schmerzlich und geil zugleich.

Ana krümmte den Finger.

Jelena stöhnte und atmete tief durch, um sich zu beruhigen.

Die Herrin wartete kurz und begann, sie vorsichtig zu ficken.

Jelena wagte sich nun mit der Zunge über den Damm und umkreiste das kleine Loch ihrer Herrin, welche einen gurrenden Laut ausstieß.

Dann kehrte sie zur Klit zurück und bearbeitete sie mit der Zunge so lange, bis Anastasia erleichtert aufseufzend kam.

Jelena drehte sich herum. Kurz saugte sie an den Nippeln ihrer Herrin, bevor sie sich auf sie sinken ließ.

„Sklavin, deine Zunge ist geil", murmelte Ana. Eine Weile blieben sie so liegen, dann erhoben sie sich langsam.

Das Wetter hatte sich gebessert, aber es war schon ziemlich dunkel.

„Komm, gehen wir eine Runde spazieren."

Jelena war einverstanden und so löschten sie das Feuer, zogen ihre Winterkleidung an und verließen die Hütte.

Kapitel 7
Schnee und heiße Schokolade

Der Schnee knirschte unter ihren Stiefeln, als sie den Weg vom Holzhaus in den umgebenden Wald entlangstapften. Nach der Kuschelrunde vor dem Feuer empfand Jelena die Kälte als außerordentlich belebend.

Ihre Haut prickelte und der Atem bildete Wolken vor ihrem Gesicht. Sie trugen dicke Wintermäntel und gute Handschuhe.

Jelena fasste nach Anastasias Hand und diese ließ es geschehen und lächelte sie zärtlich an. Von Jelenas Halsband hing die Leine herab, aber die Herrin griff nicht danach.

Die dunklen Bäume ragten abseits des Weges auf. Meist Lärchen. Die dunklen Stämme schufen einen unglaublichen Kontrast zur Unberührtheit des Schnees und Jelena kam es vor, als würden sie durch eine Schwarz-Weiß-Fotografie schlendern.

Außer dem Knirschen des Schnees war nichts zu vernehmen. Kein Mensch weit und breit, nur sie und ihre Herrin. *Das ist das Schöne an Russland. Wir haben noch so viel unberührte Natur*, sinnierte sie.

Sie gingen weiter und weiter und taten kaum was anderes als Händchen zu halten. Nur zwischendurch blieben sie für einen Kuss stehen. Die Kälte trieb ihnen zwischendurch die Tränen in die Augen, die ihnen an den Wimpern festfroren.

„Herrin, Ihr seht aus wie eine Wintergöttin", hauchte Jelena andächtig.

Anastasias Antwort war ein langer Kuss. Sie schob ihr die Zunge in den Mund und spielte mit der ihren.

Ein kleiner Quell der Wärme inmitten dieser kalten Wildnis. Die Magie des Augenblicks war unbeschreiblich. Jelena schloss die Augen und ließ sich vollkommen gehen. Die Arme ihrer Herrin umschlossen sie warm und sicher. Die blauen Augen ihrer Herrin hielten sie gefangen, fixierten sie und erzählten von der Liebe, die sie für die empfand. Eine Härte, nein, Stärke, gepaart mit großer Liebe.

Ich könnte darin versinken, dachte Jelena, *auch wenn das verdammt kitschig klingt.*

Dieses Leuchten hatte eine fast hypnotische Wirkung und Jelena konnte sich nur mit Mühe davon abhalten, sich hier und jetzt vor Anastasia auf den Boden zu werfen. *Dann wird nur meine Kleidung nass.* Sie riss sich zusammen.

Es war die Lady, die den Blickkontakt abbrach und sie gingen weiter.

Der Weg führte in einer weiten Schleife zur Lichtung zurück, auf welcher die Datscha stand.

„Ich mag in der Stadt aufgewachsen sein, aber ich liebe den Wald, Herrin", bemerkte Jelena als sie sich den Schnee von den Füßen stampften.

„Ich auch. Mit meinen Eltern war ich oft übers Wochenende hier draußen und kenne die einzelnen Wege recht gut." Anastasia lächelte versonnen, verfangen in Erinnerungen an ihre Kindheit.

Dann riss sie sich davon los und die beiden Frauen gingen hinein.

Anastasia ließ es sich nicht nehmen, die Milch für eine heiße Schokolade selbst zu erwärmen.

Jelena durfte auf der Eckbank des kleinen gemütlichen Tisches in der Küche Platz nehmen und wartete geduldig.

Anastasia stand am Herd und rührte gelassen die Milch um, damit sich kein Häutchen bildete.

Dann gab sie je eine ordentliche Portion edlen, dunklen Kakaopulvers in eine große Tasse und goss die heiße Milch darüber.

Jelena freute sich darauf und beinahe fühlte sie sich selber in die Kindheit zurückversetzt.

Anastasia trug die Tassen zum Tisch und setzte sich auf den anderen Teil der Bank.

Dankbar lächelnd schloss Jelena die Hände um die heiße Tasse. Die Wärme drang langsam in ihre Hände und von dort flutete sie durch ihren ganzen Körper.

Was passte besser in eine einsame Hütte als eine heiße Schokolade? Sie nahm einen ersten Schluck. Es schmeckte großartig und Jelena kostete das Aroma aus. „Köstlich, Herrin“, murmelte sie.

„Ja, meine Eltern haben da wirklich was entdeckt“, gab Anastasia zu. „Aus der Schweiz importiert.“

Danach machte sich Anastasia ans Kochen. Sie entschied sich für eine Schtschi, eine deftige Kohlsuppe mit Fleisch, Sauerkraut und anderem Gemüse. Das dauerte eine ganze Weile. Nach dem ganzen Prüfungsstress empfand Jelena die Entspannung als sehr wohltuend.

Nach dem Essen machte sie den Abwasch und dann verschwanden die beiden Frauen gemeinsam unter der Dusche. Jelena stellte sich vor ihre Herrin hin und ließ etwas Waschlotion auf einen Waschhandschuh tropfen.

Ana schloss aufseufzend die Augen, als sie sie einzuseifen begann und die sanften, verführerischen Kurven liebkoste.

Frauen sind einfach ästhetischer als Männer, stellte Jelena fest. Sie streichelte den festen Arsch der Lady und stahl sich mit den Fingern dazwischen.

Anastasia stöhnte leise und drängte sich ihr entgegen.

„Herrin, wir sollten mal eine Schaumparty besuchen, findet Ihr nicht?"

„Gute Idee, Süße." Anastasia drückte ihr einen Kuss auf die Lippen.

Als sie aus der Dusche traten, war der Spiegel vollkommen beschlagen, so heiß hatten die beiden geduscht. Nackt gingen sie ins vorbereitete Schlafzimmer hinüber und sanken engumschlungen aufs Bett, wo sie sich die ganze Nacht liebten ...

ENDE

Hier folgt noch ein kleines Russisch-Glossar, wie in meinen in Russland spielenden Storys üblich.

Russisch-Glossar

Da – Ja
Net – Nein
Spasibo – Danke
Davay – Los, mach schon
Dobre djin – Wie geht's?
Dobryy vecher – Guten Abend
Izvinite – Entschuldigen Sie
Bljat – Verdammt, Fuck
Der´mo – Kacke, Mist
Proklyatýe – Verflixt, Verflucht
Schnjaga – Scheiße
Suka – Schlampe
Kurva – Nutte
Kurve – Nutten
Ublyudki – Bastard, Mistkerl
Do skorogo – Bis dann
Strastwuitje – Guten Tag

Die russische Hure Masha

Ohne Tabus zum Fickstück abgerichtet

Max Spanking

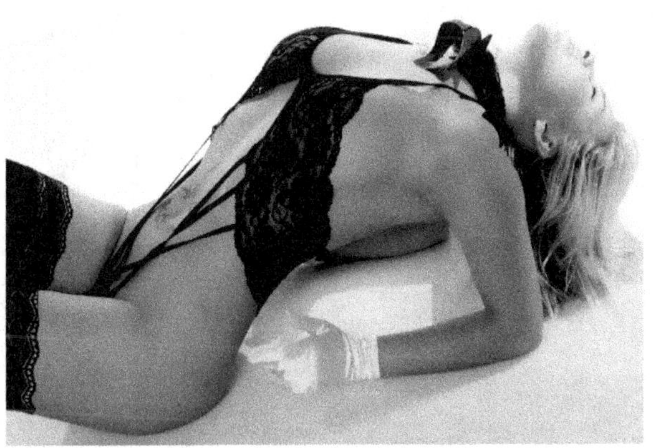

LETTEROTIK

LETTEROTIK
Max Spanking
Svenja
Verführt, gekauft und zugeritten

www.ingramcontent.com/pod-product-compliance
Lightning Source LLC
Chambersburg PA
CBHW050618160726
48003CB00003B/1243